LES AMOURS

DE

BASTIEN

ET

BASTIENE,

PARODIE

DU DEVIN DE VILLAGE.

Par Madame FAVART, & Mr HARNY.

Représenté à Bruxelles dans le courant du mois de Novembre 1753. par les Comediens François sous les Ordres de SON ALTESSE ROYALE.

Y Th. 1. D. CC. LIII.

ACTEURS

BASTIENNE,   *Mr Durancy.*

BASTIEN,   *Mlle Deſtrel.*

COLAS,   *Mlle Durancy.*

PAYSANS, PAYSANNES.

LES AMOURS

DE

BASTIEN

ET

BASTIENE,

PARODIE

DU DEVIN DE VILLAGE.

*Le Théâtre repréſente un Hameau avec un fond
de Payſage.*

SCENE PREMIERE.

BASTIENE, *ſeul.*

Air Noté : Nº 1. *J'ai perdu mon âne.*

J'ONs pardu mon ami,
Depis c'tems-là j'nons point dormi,
Je n'vivons pû qu'à d'mi.
J'ons pardu mon ami,
J'en ons le cœur tout tranſi,
Je m'meurs de ſouci.

A 3

Air : Noté N°. 2. *Lucas tu t'en vas.*

Hélas !
Tu t'en vas,
Tu quitte ta maîtreſſe,
J'en mourrai Baſtien : hélas !
Tu t'en. vas !
Baſtien, ça n'ſe fait pas.   (*fin.*)
Ta foi
Eſt à moi,
J'avions ta promeſſe
Pour rien,
Mon Baſtien‵
Maugré ça m'délaiſſe.
Hélas., &c.

Je l'appelle à toute heure,
Quand j'y penſons je pleure
Et j'y penſons toujours.
Pour eune plus jolie,
Le parfide m'oublie,
Adieu mes amours.
Hélas, &c.

Air : *Eh ! couſſi, couſſa.*

Chaqu'jour dans la Prairie,
J'allons nonchalament
A préſent ;
J'y vois pour compagnie
Mon troupiau ſeulement ;
Eh ! ouida, aga,
Qu'eſt qu'ceſt qu'ça ?
Aga, l'biau plaiſir que vla !

Même Air.

Le soir après l'ouvrage
Je n'pouvons pû chanter,
      Ni sauter.
De retour au Village,
Que faire ?.. rester-là.
          Eh ! ouida, aga,
Qu'est qu'cest qu'ça ?
Aga, l'biau plaisir que vla !

SCENE II.

BASTIENE, COLAS.

COLAS, *descend d'une coline, en chantant & s'accompagnant de sa Cornemuse.*

Air : Noté Nº. 3.

QUand un tendron viant dans ces lieux,
      Consulter ma science,
Tout mon grimoire est dans ses yeux
      J'y lisons ce qu'all' pense
Je d'vinons tout nettement
      Que pour un Amant
          Alle en tient-là, la la,
Oh oh, ah, ah, ah, ah,
N'faut pas êtr' grand sorcier pour ça, la, la.

Même Air.

Lise à Piarrot s'en va d'mandant

A 3

Puorquoi qu'alle foupire ?
Le gros benêt en la r'gardant,
Rit & n' fait que li dire.
J' l'inftruifis dans un inftant,
   Et d'un air content,
All'me r'mercia, la, la,
Oh, oh ! ah, ah, ah, ah,
N' faut pas êtr' grand focier pour ça, la, la,

BASTIENE.

Air : *Ah mon mal ne vient que d'aimer.*

Colas voulais vous me farvir ?

COLAS.

Ouida, ma Reine, avec plaifir.
Voyons, qu' exigais vous de moi?

BASTIENE.

Au chagrin qui m'poffede,

En lui faifant une grande Reverence.

Comm' forcier, vous pouvais je croi,
   Apporter queuqu' remede.

COLAS.

Air : *La bonne aventure.*

Vous vous adreffais au mieux
   Je vous en affeure :
J'ons des fecrets marveilleux

Pour apprendre à deux biaux yeux
La bonne aventure,
O gué,
Le bonne aventure.

BASTIENE.

Air : *Monfieur le Prevôt des Marchands.*

Monfieu Colas, j'nons point d'argent,
Mais d'ces blouques j'vous frons préfent;
All' font d'or fin.

COLAS.

Non, non, ma fille.

BASTIENE.

Quoi, vous voulais me refufer?

COLAS.

Mon enfant, quand on eft gentille,
Je tiens quitte pour un baifer,

Il veut l'embraffer.

BASTIENE.

Air : *Hélas maman c'eft bien dommage.*

Non, non, Colas, n'en faites rien,
Tout mes baifers font à Baftien,
Et je les gard' pour not' mariage;
Mais fouffrais que j'vous confultions :
Dites, faut-il que je mourions?

COLAS.

Mourir si jeune, ah queu domage !

BASTIENE.

Air : *De tous les Capucins du monde.*

On dit partout qu'il m'a quittée,

COLAS.

Rassurais vot' ame agitée,

BASTIENE.

Se pourroit-il ah ! queu bonheur !...
Est-c' qu'i' m'trouveroit encor belle ?

COLAS.

Il vous aime de tout son cœur.

BASTIENE.

Et pourtant il est infidéle.

COLAS

Air : *Pourvû que Colin me voyez vous.*

Vôt' Bastien n'est qu'un peu coquet
    N'en ayais point d'ombrage.
Ma chere enfant, qu'est qu'ça vous fait,
    Votre biauté l'engage.

BASTIENE.

Mais s'il doit être mon Epoux,
Dam', je n'veux point d'partage,
    Voyais-vous.

COLAS.

Ce cher Amant n'est point un parjure,
    Mais il aim' la parure.

BASTIENE.

Air : Noté de Titon N°. 4. *Ce ruiſſeau qui dans la*
Pleine.

Autrefois à ſa Maîtreſſe
Quand il voloit une fleur,
Il marquoit tant d'allégréſſe
Qu'alle paſſoit dans mon cœur.
Pourquoi reçoit-il ce gage
D'eune autre Amante aujourd'hui?
Avions-je dans le Village
Queuq' chos' qui ne fût à lui?
Mes troupiaux & mon laîtage,
A mon Baſtien, tout étoit:
Faut-il qu'eune autre l'engage
Après tout ce que j'ai fait.

Même Air.

Pour qu'il eut tout l'avantage
A la Fête du Hamiau,
De ribans à tout étage
J'ons embelli ſon chapiau;
D'eune gentille roſette
J'ons orné ſon flageolet:
C'n'eſt pas que je la regrette,
Malgré moi l'ingrat me plaît,
Mais pour parer ce volage,
J'ons défait mon biau Corſet.
Faut-il qu'eune autre l'engage
Après tout ce que j'ai fait.

C o l a s.

Air: *Pierrot se plaint que sa femme.*

La Dame de ce Village
L'oblige bian autrement:
Pour attirer son hommage,
All' paye assez richement
    Sa complaisance.
Manque t'on jamais d'Amant
    Quand on finance.

B a s t i e n e.

Air: *A notre bonheur l'Amour préside.*

Si j'voulions être un tantet coquette,
Et prêter l'oreille aux favoris,
Que je ferions aisément emplette
Des plus galans Monsieux de Paris;
Mais Bastien est l'seul qui peut nous plaire;
    Et j'ons sans mistere,
    Toujours répondu:
Laissez-nous Messieux, je somm' trop sage,
    Sachez qu'au Village
    J'ons de la vartu.

Même Air.

Au déclin du jour, près d'un bocage,
Un jeune Monsieu des plus gentis
Vouloit dans un brillant équipage
Nous mener s'dit-il jusqu'à Paris:

Il vouloit m'donner ribans, dentelle ;
Mais toujours fidele,
J'y avons répondu :
Laiffez-nous Monfieu, je fomm' trop fage,
Sachez qu'au Village
J'ons de la vartu.

Même Air.

En honneur, je vous trouvons charmante,
Me dit un jour un petit Colet,
Venez, vous ferez ma gouvernante,
Cheux moi vous vous plairez tout à fait.
Tous ces biaux difcours n'étiont qu' fineffe,
J'ons connu l'adreffe,
Et j'ons répondu :
Laiffez-nous Monfieu, je fomm' trop fage,
Sachez qu'au Village
J'ons de la vartu.

C o l a s.

Air Noté : No. 5. *Buveur fidele.*

De ce volage
Colas répond.
Je veux qu'il fe rengage ;
Mais prenez un autre ton,
Devenez un peu fine,
Légere & badine ;
Car c'eft en badinant,
En folâtrant,
Qu'on rend
L'Amant
Conftant
Qu'on rend l'Amant conftant.

BASTIENE.

Air Noté : No. 6.

Quand je le vois,
Je pards la voix. . . . .
Mais je r' gard' ſi mes manches
Sont blanches,
Si ma collerette
Eſt bien faitte,
Si j'ai laſſé drêt
Mon Corſet,
Si mon jupon
Fait bian le rond,
Et ſi mes ſabiots
Sont biaux.

COLAS.

Air : *J'avotte enfin vous grandiſſez.*

Pour ramener un inconſtant,
Il faut paroître un peu coquette,
Et fair' ſemblant de fuir l'Amant
Que d'bonne amiquié l'on ſouhaite ;
Car c'eſt ainſi, car c'eſt comm' ça,
La leçon eſt utile,
Que font lonla, farla rira,
Les Dames de la Ville.

BASTIENE.

Air : *Des Corſaires.*

Je ſis contente
La leçon m'ſervira.

COLAS.

S'rais-vous réconnoiſſante?

BASTIENE *en lui faiſant une révérence.*

Autant qu'il vous plaira.

COLAS *à part.*

Ah! Qu'elle eſt innocente!
à Baſtiene. R' pernais vot'belle himeur
Ma pauv' petite,
Vous en ferais quitte
Pour la peur,

BASTIENE.

Adieu Monſieu.

_____

SCENE III.

COLAS, *feul.*

Air : *De France & de Navarre.*

Par ma foi ce couple d'Amans
Paroît une marveille;
On ne fauroit trouver qu'aux champs
Innocence pareille.
L'eſprit en tout autre pays
Brille dès la liſiere;
Fillete à cet âge, à Paris,
En revend à ſa mere.

Air : Je vous apperçus l'autre jour.

Mais j'apperçois venir ici
    Notre Amant débonaire :
Eh v'la pourtant l'mignon joli,
    Qu'aux Messieux on préfére !
Ferluquets, si fiars, si pinpans,
    Cette leçon est bonne,
Cheux vos bell' on voit des manans
    Quand pour vous gnia personne.

SCENE IV.

BASTIEN, COLAS.

BASTIEN.

Air : Si le Roi m'avoit donné.

D'M'avoir instruit de mon bian,
    Je vous remarcie.
Non, sans Bastiene, il n'est rian
    De biau dans la vie :
Tout cet or qu'on me promet,
J'vous l'envoye au barniquet
    J'aime mieux ma mie
      O gué,
    J'aime mieux ma mie

COLAS.

Air : Adieu paniers Vendanges sont faites.

Las d'aller conter des fleurettes,
Vous vous rendais à mes avis ;

Trop tard vous les avais fuivis,
Adieu pagniers Vendanges font faites.

BASTIEN.

Air : *Je n' lui je n' lui donne pas.*

Comment donc on a vendangé.
Que voulais-vous me dire.

COLAS.

Que l'on te donne ton congé.

BASTIEN.

Allais, vous voulais rire.
Pour m'ôter fon p'tit cœur, hélas!
Ma Baftiene eft trop tendre:
A d'autre all' ne l'donn'ra pas.

COLAS.

Mais le laiffera prendre.

BASTIEN:

Air: *A table je fuis Grégoire & Tyrcis fur le gazon.*

Bon, bon, vous m'contais eune Fable:
Si Baftiene aime, c'eft moi;
Pour me faire un tour femblable,
Alle eft de trop bonne foi.
Quand je la trouvons gentille,
A m'trouve itout biau garçon,
Et Baftiene n'eft pas fille
A dire un oui pour un non,

Même Air.

Si j'allons dans la Prarie,
All' me guet' venir de loin
Pour me fair' queuqu' tricherie
All' se glifs' darrier' el foin ;
All' me jette de la tarre,
Et queuq'aut'fois auffi, da,
All' me pouffe dans la marre,
Ce font des preuves que ça.

Même Air.

Pis ce jour qu'à la main chaude,
On jouoit fur le gazon,
Moi qui ne fis pas un glaude,
Je m'y boutis fans façon ;
All' toujours folle & maleine
Pour me divartir un brin,
Courut tôt prendre eune épeine
Et m'en tapit dans la main.

C o l a s.

Air : *Oh, oh, ah, ah.*

Mon ami ta Maîtreffe
A fait un autre Amant ;
Il eft plein d' gentilleffe,
Il eft poli, charmant.

B a s t i e n.

Oh, oh, ah, ah.
Et d'où vient donc ? Comment cela.

Air

Air: *Etes-vous de Chantilli.*

Mais d'où fçavez-vous ceci?

COLAS.

De mon art.

BASTIEN.

De votre art?

COLAS.

Oui.

BASTIEN.

En c' cas là je d' vons vous croire;

COLAS.

Vrament mon Compere voire,
Vrament mon Compere oui.

BASTIEN.

Air: *Vla c' que c'eft qu' d'aller au bois.*

Ah jarnigué! Qu' j'avons d' guignon;

COLAS.

Vla c' que c'eft qu'd'êt' biau garçon.
On veut avoir tout à foifon,
Nombre de Maîtreffes,
Biaucoup de richeffes;
Mais un biau jour tout fait faux bon,
Eh vla c' que c'eft qu' d'êt' biau garçon.

B

B A S T I E N.

Air : *Que de bi , que de bariolets.*

L'aventure eſt cruelle !
J'en demeure tout ſtupéfait.
Pour ravoit cette belle,
Sauriais - vous un ſecret !

C o l a s.

Air : *J'ai rencontré ma mie.*

Ah , mes pauvres enfans
J' vous plains fort ;
Car j'aime que les gens
Soient d'accord.
Tout d'abord,
Dedans ce grimoire,
Je ſçaurai ton ſort.

*Il tire de ſa beſace un livre de la Bibliothéque bleüe ,
& fait en liſant pluſieurs contorſions qui font enfuir
BASTIEN.*

Manche,
Planche,
Salme,
Palme,
Vendre,
Cendre,
D'jo
Lo,
Mecre,
Necre,

Mir lar lun brunto.
Tar la viftan voire,
    Tar lata qui plo.

BASTIEN.

Air : *Ton himeur eft Catheraine.*
C'eft-i'-fait minon minette ?

COLAS.

Oui, oui, tu peux t'approcher.
Tu va voir ta Bargerette.

BASTIEN.

Mais pourons-je la toucher ?

COLAS.

Oui fi tu n' fais plus la bête,
Si tu prends un air galant,
Et fi dans le tête à tête
Tu n'eft pas un ignorant.

Air : *Ah Maman que je l'echapai belle.*
L'Amour veut que l'on foit téméraire,
        Il faut lutiner,
        Papillonner
        Près d' fa Bargere.
Quoiqu' fouvent on fafs' tant la févére,
        Morguene, un tendron
Veut qu'un garçon foit fans façon.

B 2

Quand on trouve ſa belle au bocage,
        N' faut pas fair' le ſot
        Ni le magot,
        Faut du langage.
La Fillette rougit, c'eſt l'uſage ;
        Fille qui rougit
Tout bas approuve ce qu'on dit.

❉

Du diſcours on paſſe au badinage,
        La belle tout net
        Donne un ſouflet,
        Car c'eſt l'uſage ;
A prendre un baiſer ça vous engage ;
        Petit à petit
L'Amour ainſi fait ſon profit.

S C E N E V.

B A S T I E N , *ſeul.*

Air : *Et j'y pris bian du plaiſir.*

J'Allons donc de ma Brunette
Voir encor les doux appas ?
J'aimons bian mieux c'te Poulette
Que tous les plus biaux ducats,
Adieu grandeur & richeſſe
D' vot' éclat j' pardons l' ſouv'nir,
Sans vous, près d' ma cher' maîtreſſe,
J'ons cent fois pus d'plaiſir.

Même air.

Ces Meffieurs de la finance
Qui font envieux de tout,
Aimions tant fon innocence,
Qu'ils voulions l'avoir itou..
Sarviteur à leu puiffance,
Ailleurs ils pourront choifir ;
Ils n'auront qu'eun' réverence,
Et nous, j'aurons tout l'plaifir.

SCENE VI.

BASTIEN, BASTIENE.

BASTIEN,

Air Noté : N°. 7. *Du Devin du Village.*

LA voici... tôt décampons...
Si j'fuyons, je la pardons.

BASTIENE.

Il me voit l'ingrat.
Ah ! le cœur me bat.

BASTIEN.

Pargué je n'favons
Ce que je f'rons.

B 3

BASTIENE.

Sans le faire exprès ,
Me voilà tout près.

BASTIEN.

Parlons l'y tout net,
Risquons le paquet :
Ah ! c'est vous ! vous vla !
Dam', itou me vla , da.

Air : *Que fais-tu là-bas.*

Bastien' vous rêvais ,
Et qu'est c' qu'ous avais
Est-c' que vous m'fait' la meine.

BASTIENE.

Je n'vous r'connois pas ,
Non, Bastien.

BASTIEN.
Hélas !
R'gardais moi donc Bastiene.

BASTIENE.
Air : *Les Vendangeuses.*
Fidele ,
Sans moi, mon cher Bastien ,
N'aimoit rien ;
Mon cœur étoit tout son bien
J' m'trouvoit si bell !
J' m'trouvoit si belle !

Et les plus brillans appas
Ne le touchoient pas,
Me plaire,
C'étoit fa feule affaire,
Dans tous fes difcours
I' n' parloit que d'fes chers amours,
Toujours.
Tredame !
Pour attendrir fon ame
Si queuque grand' Dame
Pour lui plein' de flâme,
Lui f' fait un préfent
I'm'loffroit à l'inftant.
Fidele,
Sans moi, mon cher Baftien
N'aimoit rien;
Mon cœur étoit tout fon bien.
Envain je l'appelle,
Envain je l'appelle,
Je n'vois au lieu d'mon aimant
Qu'un inconftant,

BASTIEN.

Air : *C'eft une excufe.*

J' voyons bian c'qui peut vous fâcher,
C'eft qu'vous croyais qu'jons pu changer,
I'nez c'eft c'qui vous abufe :
C'étoit un fort de queuque efprit;
Mais le bon Colas ia détruit.

BASTIENE.

Mauvaife excufe.

Air: *Je suis malade d'amour.*

Si vous aviais un fort, eh bien,
　　Pareil malheur m'obséde ;
Mais le bon Colas n'y peut rien,
　　Et tout son art y céde ;
Bastien, pour un fort comme le mien,
　　Il n'est point de remede.

BASTIEN.

Air: *Mon Papa toute la nuit.*

Mariais, mariais, mariais, vous,
　　Ca garit les sorcileges,
Mariais, mariais, mariais, vous,
　　Rian n'est si bon qu'un Epoux.

BASTIENE.

Air Noté : N° 8. *J'ai trouvé l'alloüete.*

On n'a dans le mariage
　　Que du souci,　　　　　　　　(*bis*)
Quand on prend un volage
　　Pour son mari,
C'est un trouble ménage
　　Oh, oh !
Est ce l'moyen d'êt' sage
　　Oh que nani.

BASTIEN.

Air : *Raisonnez ma musette.*

Puisqu'ous êt' si sauvage,
A la Dam' du village,
J'nous allons drès ce jour
Rendre amour pour amour.

BASTIENE.

Même Air.

Moi j'courons à la Ville ;
C'est-là qu'i' m' s'ra facile.
D'avoir cent favoris,
Comm' les Dam' de Paris.

BASTIEN.

Même Air.

J' naj'rons dans l'opulence.
Eun' maîtreff' d'importance
Au gré de mes défirs,
Va Payer mes plaifirs.

BASTIENE.

Même Air.

A Paris la richeffe
S' prodigue à la jeuneffe,
Et Pour en ramaffer,
Tien, l'on n'a qu'a s'baiffer.

*Ils font femblant de s'en aller & fe rencontrent
comme ils reviennent.*

BASTIENE.

Air : *Dans un détour.*

Quoi, vous voilà !
Mais j'vous croyois bien loin déja.

BASTIEN.

Vraiment, l'on s'en va.
J'nous apprêtons pour ce la,
La.

BASTIENE.

Vous n'aurais fûrement
Nulle peine à me fuïr, inconftant.

BASTIEN.

Je vous f'rons du plaifir
Drès que j'nous difpof'rons à partir.

BASTIENE.

Vous agirais,
Monfieur, ainfi, comm' vous voudrais,

BASTIEN.

Parlais-vous tout d'bon?
Dois-je refter ici?

BASTIENE.
Oui...
Non.

BASTIEN.

Air Noté: No. 9. *Un brave gentiz-homme.*

Ma peine vous rend fiere;
Mais tout de c'pas,
J'm'en vas,
Morgué, j'm'en vas
Me j'ter dans la riviere;
Vous n'me retenais donc pas?

BASTIENE.

Ah ! Je n' m'en fouci' guere.

BASTIEN, *à part.*

Air : *L'Amour me fait lon lan la.*

J' ferions pourtant trop bête
D'aller là nous plonger.

BASTIENE.

Qu'eft-c' donc qui vous arrête ?

BASTIEN.

Je n'fçavons pas nâger,
Et pis avant d'être mort,
J' veux vous parler encor.

BASTIENE.

Air : Noté No. 10. *Les Niais de Sologne.*

Non, infidele,
Cours à ta belle
Soins fuperflus,
Non, Baftien, je n' vous aime plus.

BASTIEN.

A la bonne heure,
Tu veux que j' meure,
Eh bian, je vais. . . .
Du Hamiau fortir pour jamais.

BASTIENE.

L'ingrat me quitte !

BASTIEN.

Oui, tout de suite :
Voudrois-tu donc
Que j'allions comm' ça sans façon,
Etre de ton joli Monsieur,
Le serviteur ?

BASTIENE.

Bastien, Bastien.

BASTIEN.

Vous m'appellais ?

BASTIENE.

Vous vous trompais.
Quand j' te plaisois,
Dam', tu m' plaisois.

BASTIEN.

La belle' marveille !
Quand tu maimois,
Moi, j' taimois.

ENSEMBLE.

Tu me fuis, va, je te rends la pareille.
Deviens volage,
Je me dégage ;
D'un autre amour,
J' prétendons tâter à mon tour :
Nouviau ménage
N'est qu'avantage,

Et chaqun m' dit
Que ça réveille l'appétit.

BASTIEN.

Quoique l'on prise....

BASTIENE.

Quoique l'on dise.

BASTIEN.

Ces grand' Maîtresses

BASTIENE.

Des grand' richesses.

BASTIEN:

Si tu voulois...

BASTIENE.

Si tu voulois...

ENSEMBLE.

Renouer nos amours,
Je te pourois...

BASTIEN.

Toujours aimer.

BASTIENE.

Aimer toujours.

BASTIEN.

Rends moi ton cœur,
Fais mon bonheur ;
Viens dans mes bras.

BASTIENE.

Hélas !
Qu'il eſt charmant
De faire un heureux dénouement.

ENSEMBLE.

Va je m'rengage,
Et ſans partage :
Tian, vla ma foi,

BASTIEN.   {Ton cher Baſtien eſt tout à toi.
BASTIENE. {Ta chere Baſtiene eſt toute à toi.

Plus de langage,
De varbiage,
A nos dépens
Ne faiſons pas rire les gens.

SCENE VII.

BASTIEN, BASTIENE, COLAS.

COLAS.

Air Noté : No. 11.

MEs Enfans, après la pluie,
On voit toujours v'nir l'biau tems,
Rendais grace à ma Magie,
A la fin vous vla contens :
Allons, mariais-vous,

Votre nôce eft déja prête ;
Allons, mariais-vous,
De la Fête
Je s'rons tous.   *On danfe.*

COLAS, BASTIEN, BASTIENE.

Même air.

Allons gai gens de Village,
Chantais les Epoux nouviaux ;
Pour fêter { not' } Mariage,
         { leur }
{ Faifons } claquer { nos } fabiots.
{ Faites }   { vos }
{ Sautons, faifons } fracas ;
{ Sautez, faites }
Chantais Baftien & Baftiene :
L'Hymen, grace à Colas,
{ Nous } enchaîne
{ Les }
Dans fes las.

LE CHOEUR.

Sautons, faifons fracas,
Chantons Baftien & Baftiene ;
L'Hymen, grace à Colas,
Les enchaîne
Dans fes las.

BASTIEN, BASTIENE.

Même air.

Vive la Sorcellerie
Du fameux Sorcier Colas ;
Il falloit tout' fa Magie

Pour nous tirer d'embarras.

BASTIENE.

Il viant d'rapatrier
Baſtien avec ſa Baſtiene;

BASTIEN.

Il viant d' nous marier;
Jarniguene,
Queu Sorcier!

LE CHOEUR.

Il viant d'rapatrier
Baſtien avec ſa Baſtiene;
Il viant d' les marier,
Jarniguene,
Queu Sorcier!

FIN.

APPROBATION.

J'Ai lû par Ordre de Monſeigneur le Chancelier, *les Amours de Baſtien & Baſtiene, Parodie du Devin de Village* & je crois que l'on peut en permettre l'impreſſion, ce 13. Août 1753.

CREBILLON.

Le Privilège eſt à la fin des autres Parodies.

D U O

BASTIEN ET BASTIENNE.

A préſent
. . . .

J'nons pu rian quin't'appartienne
. . . . à préſent

J'nons pu rian quin't'appartienne
J'nons pu rian quin't'appartienne

Baſtienne s'ra Baſtien.
. . . . & Baſtien

. . . Baſtienne s'ra Baſtien
S'ra Baſtienne

Et Baſtien s'ra Baſtienne
Baſtienne s'ra Baſtien

. . . . Baſtienne
Et Baſtien s'ra Baſtienne

Baſtienne s'ra Baſtien
Baſtienne s'ra Baſtien

Et Baſtien s'ra Baſtienne ⎫ *Repriſe*
Et Baſtien s'ra Baſtienne ⎭

Com' deux moutons en paix
Com' deux moutons en paix

Dans leur paturage
Dans leur paturage

. . Ah j'vivrons dans l'mariage
. . . .

Et j'frons à jamais bon menage
. . Ah j'vivrons dans l'mariage

Et j'frons à ja. . . . . . .
Et j'frons à jamais bon menage

. . . . . . mais bon menage
Et j'fron. à jamais bon menage

Com' deux moutons en paix
. . . . . . com' deux moutons en

Dans leur paturage
paix, . . . dans leur patu-

Ah j'vivrons dans l'mariage
rage Ah j'vivrons dans

Et j'frons à jamais à jamais bon menage
l'mariage & j'frons à jamais

Et j'frons à jamais bon menage .
Et j'frons à jamais bon menage

Et j'frons à jamais bon menage
Et j'frons à jamais bon menage

Et j'frons à jamais bon menage }
Et j'frons à jamais bon menage } *Fin.*

RONDE BASTIENNE.

1.

AUtre fois la jeune Therefe
Etoit niaife n'ofoit parler
Ni l'ver les yeux
A prefent c'eft tout autre chofe,
Therefe caufe,
Alle raifonne tout au mieux
Eh gai gai gai legere Bergere
C'eft l'Amour qui lui fit ce tour.

MINEUR.

2.

Un biau jour de fa Bergerie
Dans la prairie
Un de fes moutons s'egara
Voulant le chercher la pauvrette
Fort inquiette dans le fond du Bois
S'enfonça
Eh gai gai gai &c.

3.

Coridon qui de loin la guette
La voit feulette
De l'Agneau contrefait la voix;
L'Innocente y court au plus vite,
C'eft dans ce gite

On l'attend cet Amant fournois
Eh gai gai gai, &c.

4.

Le Barger s'avance vars elle
D'abord la Belle
Le r'garde & l'ecoute en tramblant
Mais auffi-tôt alle s'échappe
Il la ratrappe
Fait un faut pas, Ah' le mechant,
Eh gai gai gai, &c.

5.

Coridon deviant temeraire
Et la Bergere
Avec fon Sabiot fe defend
Mais helas fon Sabiot fe caffe
Quelle difgrace
Cheux elle all' s'en r'tourne en boitant
Eh gai gai gai, &c.

6.

Au logis all' charche cune excufe
All' a d' la rufe
All' repond à tout é qu'on lui dit
Et v'la comm' fouvent à notre âge
Dans un Bocage
Sans l'favoir on trouv' de l'Efprit
Eh gai gai gai, &c.

www.ingramcontent.com/pod-product-compliance
Lightning Source LLC
Chambersburg PA
CBHW060908180626
46818CB00004B/1879